조대연 시인

시인은 충남 서천에서 출생하여 고려대학교 공학대학원을
졸업한 공학석사 출신으로 이공학의 풋풋한 풀밭 속에서 서
정의 곱스러운 꽃을 피우리라는 희망의 시선이 다소 특이
하다 할 수도 있지만, 지식의 융합으로 가는 4차산업혁명의
시대에 요구되는 색조 다변의 시대에 의아하기보다는 오히
려 아주 자연스러운 일이어야 할 것이다. 마음을 풀어 편안
한 서정적 노래에 사랑으로의 한마음을 얹기를 바라며 이
시집을 펴냈다.

2003년 첫시집 『삶의 수채화』 발간 이후 『달빛 서정을 노
래하다』 『사랑의 강』 『슬퍼도 숨지 마』 『내가 꽃이면 너도
꽃이야』 『마음 살포시 포개어 얹어』를 펴냈고 서정의 좋은
시 창작에 의한 자리매김으로 통일부장관상, 풀잎문학상 대
상, 농민문학상, 영랑문학상 대상 등을 수상했으며 현재 한
국문인협회 이사, 현대시인협회 이사, 국제펜회원, 서울문
학문인회 고문으로 활동하고 있다.

e-mail: cdy6500@naver.com

간지 그림
조영덕 화백

청어詩人選 429

너 꽃잎에
마음결 얹어

조대연 시집

제28회 영랑문학상
대상 수상작

청어 도서출판

너 꽃잎에 마음결 얹어

조대연 시집

발 행 처 · 도서출판 **청어**
발 행 인 · 이영철
영　　업 · 이동호
홍　　보 · 천성래
기　　획 · 육재섭
편　　집 · 이설빈
디 자 인 · 이수빈 | 김영은
제작이사 · 공병한
인　　쇄 · 두리터

등　　록 · 1999년 5월 3일
(제321-3210000251001999000063호)

1판 1쇄 발행 · 2024년 2월 29일
1판 2쇄 발행 · 2024년 7월 20일

주소 · 서울특별시 서초구 남부순환로 364길 8-15 동일빌딩 2층
대표전화 · 02-586-0477
팩시밀리 · 0303-0942-0478

홈페이지 · www.chungeobook.com
E-mail · ppi20@hanmail.net
ISBN · 979-11-6855-225-8(03810)

시인의 말

　그저 그렇게 들꽃같이 편안하고 잔잔한 고움으로 피어서 내내 봐주기를 바라며 이 시집을 펴내는 바 그 꽃의 주인공은 바로 이 시집을 읽어 주는 독자님입니다.

　읽어 부디 함께 꽃을 닮아 가는 향기로움으로 한마음을 얹어 그 꽃빛의 감성 함께 곱게 간직되길 빕니다.

　구독해 주는 독자님들이 없다면 비록 좋은 글이라 해도 금방 시들어 빛이 바래고 말 것이기에 사랑으로 애독하는 구독자님들의 에너지는 시인에게 큰 용기와 힘이 되어 더 좋은 시 노래와 함께 그 곁으로 가까이 다가갈 것입니다.

　부디 어여쁘게 시감해 주시면 감사하겠습니다.

지리산 돌샘에서

차례

1부 꽃으로의 꿈

3부　꽃으로 전하는 말

1부

꽃으로의 꿈

좋아하는 꿈

생각할 때마다 너
꽃잎을 피우는 꽃망울

볼 때마다 너
이슬을 머금은 풀잎

떠날 때마다 너
구름에 가린 달

그런 널 생각하는 나
널 좋아하는 꿈을 꾸고 있어.

너 꽃빛으로 닮아

새까만 어둠 깊은 하늘에서
너를 찾았어

너를 만난 건
그저 우연이 아니라
필연인 것은

그 어둠 속에서
눈부시게 빛나고 있었기 때문이야

그렇게 만난
널 놓치고 싶지 않아

어떤 모습의 나비가 되어
그리로 날아서 가야만
네가 내게로 오는지 몰라도

너의 눈부심을 닮아 밝아서
널 맞이하는 길 찾아가고 싶어.

별

별빛이 너처럼 아름다운 밤
너 눈부신 예쁜 별에서
쏟아지는 별빛 따라
지금 너에게로 달려갈 테니
기다려 줘.

봄꽃

사랑의 눈꽃이
얼마만큼 많이 내려

마음속에 쌓여야만

그리움의 봄꽃이
피어 올까요?

17

너 진정 좋아서

하늘의 무수한 별들이
거대한 우주 속에
아주 멀리 있지만

지금 여기서 보는 별빛은
별꽃밭의 별꽃으로
아름답기만 해

너도 저 별과 같이
멀리 있다 하더라도
생각하는 지금
꽃빛으로 내 맘에 들어와
예쁘게 빛나고 있어

내가 널 생각할 때마다
떨림으로 감정이 요동치는 건
꽃별 모습으로 그저 어여뻐서가 아니라

너 별 자체 모든 걸
진정 좋아하기 때문이야.

비밀 하나의 아픔

지금 새겨 보는데
그 친구의 이름 하나
미워서 남길 수 없어

하지만 어느 순간
미움 꽃 씨앗으로
들어와 있다가

애써 숨기던 감정 속에 그대로 남아
결국 상흔의 흔적으로
비밀 하나를 드러나게 함은
어쩔 수 없나 봐.

미소

꽃이 세상에 와서
그 누군가와
함께할 때도
함께하지 못할 때도

어디 무엇이든
언제 어떻든
방긋한 미소로 피어

항상 내 가슴에
봄날의 봄꽃 송이로 와서
흠뻑 안겨주지요.

달그림자

지금 내 곁에
너 있을 때

달그림자도 함께
나란히 앉아
비는 소원 하나

지금 이 행복이 그대로
오랫동안 항상이고 싶을
뿐이란 것 외엔
더 필요한 것 없어요.

살포시 얹는 마음

깨워 일으켜 피운
봄날의 꽃잎처럼

겨울 동안
서로 마음 살포시 얹어
차곡차곡 쌓인 꽃 이파리로

우리 마음속서 개화하는
송이송이 너와 나의 꽃.

우리의 별

불꽃의 세상으로 축포하는
그 순간의 감동
놓치지 마

그건 우리를 위한
사랑의 축제이고 이벤트려니

이제 우리는 여기서 별이 되어
서로 아름답게 반짝일 거야.

별이 되어 줘

마음 먹먹해서
까맣게 드리운 내 맘을
그대 별빛으로 반짝여 줘요

지금 난
그대의 별이 함께해 줌
꼭 필요해요

그대 그렇게 반짝여
내 맘에 들어와 준다면
내 맘 또한 밝아서
그대 위한
영원의 별 동무가 되어주고 싶어요.

짓거리 어여쁘기에

너의 몸짓 하나로
마음속에 바람이 불어
핑크빛 비단결이
일렁여 펼쳐 와

너의 손짓 하나로
가슴속에 파문이 일어
블루빛 물보라로
파도쳐 밀려 와

그 바람 그 물결
곱고 아름다워서
너에게로
나에게로
뛰는 서로의 심장을 향해
두드려 오려니
마음 활짝 열어 봐.

29

바위섬

코발트 물빛 맑은
청량의 바다 물결에

해도 구름도
모두 내려와 앉은 바위섬에서

그대와 나 앉아
미지의 세계로 항해하는
행복한 꿈을 꿔요.

꽃으로 피어 오리라

햇살 조금씩
빗물 조금씩
너의 무엇이든 조금씩만이라도

날마다 그렇게
나에게 뿌려 준다면

언젠가 맘 꽉 채워져
너를 위한 꽃으로 피어 가리라
굳게 확신해.

너 고운 꽃 한송이

너에게 오직 향하여 마음 가고
나에게 서로 위하여 마음 오고

그렇게 나누던 좋은 순간들이
어느 날 갑자기
사라질 수밖에 없다 하더라도

너 고운 꽃 한송이는
내 맘에 피어
내내 어여뻐서만
그대로 남겨져 있으리라.

꽃의 말

당연히 꽃송이 아름답다고
예쁘다는 말
아끼지 말아요

당연히 흔들려 핀다고
안쓰럽다는 말
인색하지 말아요

당연히 맘속으로 좋아한다고
사랑한다는 말
주저하지 말아요

당연히 더 곱게 피움 위해서
진실한 칭찬의 말로
감성의 울림이 필요하지요.

이쁜 봄

파릇한 새싹
땅 위에 서로 나와 방긋하고
물오른 나뭇가지
봄바람이 내려앉아 춤춰요

초록의 연한 이쁨
산도 들도 물들여 밀려오는데
내 마음도 그렇게
봄빛으로 물들여 와요

이 봄 어여쁨처럼
그대도 그러하려니
그런 그대 기쁨으로 맞는
감동의 눈빛엔 어느새
봄비로 내려 젖어요.

그대 꽃 보며

꽃이기에 아픈 속 드러내고 싶지 않아서
내내 한마디의 말 못하고
참아 이겨내 품는 향기로 미뤄
그대 맘 알 거 같아요

그 곁에 날아와 인사하는
나비에게조차 환한 미소 잃지 않고
기꺼이 보금자리까지 내주는
그대 심성 닮고 싶어요

그 모든 아픔 함께해 이겨내고
오늘 이렇게 피었기에
더 아름다운 꽃으로만
그대 내내 기억하고 싶어요.

저곳 아득히

지쳐 울음 삼킬 때
그대도 그렇게 슬픔 울먹였으리라고
서녘 노을 저편 바라보아 떠올렸습니다

보고파 가슴 일렁일 때
그대도 이렇게 그리움 일었으리라고
하얀 달빛 저곳 올려보며 생각했습니다

그대는 지금 저기 아득한 곳에서
나는 지금 여기 바라보는 곳에서
늘 그대로 변함없이 마음 함께하며
행복한 꿈을 키우리라 기도했습니다.

풀꽃 한송이

그대 화려하지 않은
풀꽃 한송이지만

나에게 특별한 꽃빛으로 들어와
은은히 빛나고 있지요

밤하늘의 별처럼 달처럼
지지 않은 채로요.

꽃 솜사탕

끝 모를 설레임으로
돋아나 핀
꽃의 달콤함

끌리는 예쁨으로
열어 핀
꽃 솜사탕

이젠 좋은 감성으로
내 맘에 피운 꽃

아기자기 맘 끌리어
기분 좋은 그대로 꽃으로
간직하고 싶어.

꽃의 얼굴

생각의 흔적만 남은
그 자리에
어느새 그대 얼굴 흐려져 가요

하지만 멀어져간 기억에도
불어 이는 그대의 숨결
전해 오는 그대의 온기

그렇게 그대가 아직 나에게
남겨져 있는 건
향기롭고 온화한
꽃으로의 채취 때문이지요.

꽃 봄

아지랑이 말간해
다시 돌아오는 길
꿈으로 펴오고

꽃바람 향긋해
다시 불어오는 언덕
희망으로 살랑이고

스러져 잠들다
다시 깨어나는 들길
초록으로 밀려오는

오, 이날이 봄날이로구나.

그대 꽃

당연히 아름답다고
당연히 빼어나다고
당연히 향기롭다고
생각하지 않아도
그냥 좋아 더 예쁨으로 끌리는 건
바로 그대이기 때문으로 다른 이유가 없어요

보니 더 만나고 싶은 맘이고
좋으니 더 가까워지고 싶은 맘이고
아리니 더 보듬고 싶은 맘이라
결국엔 그 맘 내릴 수 없이
그대의 꽃물 물들어 버리고 말았지요

그대를 만날 때부터
사랑의 꽃을 품은 지금까지
내가 꽃이면 그대도 꽃이고
그대가 꽃이면 나도 꽃이라
나 귀함의 존재로 챙기기보다
그대 나에게 의미가 너무나 소중해

향기로운 사랑으로 굳게 새겨질 때까지
꽃으로 내 맘에 오래오래
피어서 있을 거예요.

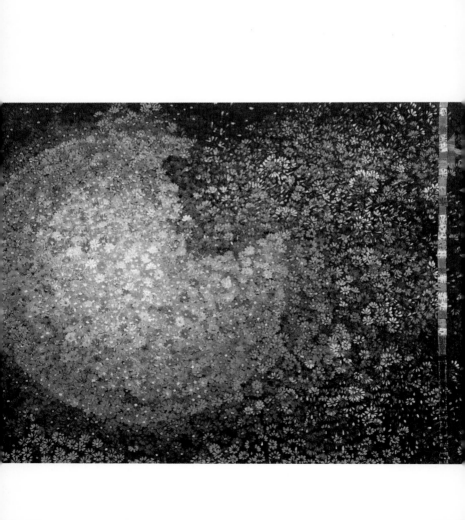

2부

꽃으로 아직

여름 지금

빗줄기가 굵어 쏟아져 내리고
햇살이 뜨겁게 부어져 내리는
이 시련의 계절에

지금도 널 가슴에 둔 채로
생장의 통증
거두지 못했지만
푸르름은 짙어가고 있어.

이유 있는 삶

당신을 마음속에서 떠올리면
잠결에서도 번쩍 깨어나는
밝은 아침을 만남입니다

당신을 마음 밖으로 외쳐 부르면
지침에서 힘으로 다가오는
기운찬 하루의 맞음입니다

당신의 마음 씀을 닮아서 가면
차갑던 가슴이 온화해져
따스한 봄날을 맞이함입니다

그렇지요
눈을 떠서는 보이는 그대로 보고
눈을 감고는 보이지 않아 그대로 보지 못해도

마음속에서는 당신을 늘 맞아
새롭게 당신을 닮아 가고 있기에
이제 새로운 날로 살아가려는 목적의

희망이 생김입니다.

필연

네가 미소할 때 난 좋아
네가 행복할 때 난 기뻐
그리고 감정이 없는 무덤덤함이라도
싫지 않아

언제나 좋음으로만 전해 오는 것이
필연의 맺어짐이라 여겨지기에
매몰참도 좋아
삐침도 좋아
그 모두 그냥 다 좋음이야.

밤하늘

청아한 밤하늘서
별빛 쏟아져 내리다가
구름 몰려와
너에게 향함 가림이라도

별빛으로의 맘은 변함없이 그대로
널 향해 빛나고 있다가

결국 구름 흘러가고 맑아질 때
다시 빛으로 밝아 내려
결국 너에게 다가갈 거야.

백합꽃 질 때

그대 지금 여기서 떠나더라도
내내 가슴에 백합꽃 그대로 피어
그런 향기로운 꽃잎의 날로 남아 있으면 좋겠어요

그대 한동안 헤어져 보지 못해도
늘 마음에 꽃의 문양 그렇게 새겨 두어
그런 밝은 꽃빛의 날로 남아 있으면 좋겠어요

그대 떠나간 후라도
사계절 밝게 눈을 떠
곧 돌아오리란 바램을 잊지 않고
그런 부푼 희망의 날로 남아 있으면 좋겠어요

하지만 그렇게 내 맘에
소망으로 남기어 두더라도
백합꽃은 결국 한송이 남음 없이 지고야 말겠지만
여전히 파란 싹은 자라나 돌아오리란 신념으로 남기겠지요.

구경길

어디 멀리
홀로 떠나도
외로움보다
설레임이 커 가야지

풍경을 벗 삼고
꽃을 벗 삼아
발길 닿는 대로
두루두루 둘러보고

여유롭게
바람 따라
구름 따라
떠돌다가

좋은 사람과
정든 곳에서
사랑하는 모두와 함께
구경 잘했노라고

남기는 말 한마디야.

헤어짐

우주의 별 하나로
내 마음에 떴던 별

너 떠나면 이제 곧 사라질 거 같은
별의 얼굴이지만
아직 정겹고 사랑스럽게 남아 있어

지금도 마음 단단히
너의 곁을 지키고픈 나
결국에 갈 것이라면
차라리 행복을 빌며

내내 그 별 내 맘속에서
순정의 빛으로 반짝여야지.

어설픈 꽃 한송이

비록 사랑이라 하더라도
익숙하지 않을 때가 많지만
완성으로 나가는 서로의 배려가 있기에
어설픈 너의 모습이라도
오히려 실망하기보다는 신선함이야

지금 사랑하고 있더라도
익지 않은 풋풋함이 있지만
알아 가는 서로의 노력이 있기에
낯모를 너의 느낌이라도
오히려 어색하기보다는 친숙함이야

그래 어떻든
그 모습 다 좋아
그 목소리 다 좋아
바로 너이기 때문에 더 그래

이제 다시 알게 된 사실
지금 겨우 알게 된 비밀

널 만난 후
지금 거듭 태어난 생각으로
사랑을 알아 가는 새 삶이
참으로 아름다움이야.

그대 먼곳서 불러요

그대 내 알 수 없는 그 어디서
풀꽃 한송이로 곱게 피어
하늘의 별을 보며
향기로운 미소를 날마다 짓고 있을까요?

그대 한송이 꽃은 이미 여기서
아름답고 눈이 부시게
그대로의 자리를 지켜
소중한 존재로 지금 피어 있겠지요?

그대 풀잎 한 잎은 어디서든
푸르름 짙게 싱그러워
희망의 꿈으로 살아 있다가
풀꽃의 봄날을 언제나 깨우겠지요.

꽃이 진 자리

너 떨구어 떠난 자리
나 꽃 진 자리에 홀로 남아
떠나간 길
차마 바로 볼 수 없이
그대로 돌아서서 올 것만 같아

너 돌아서서 떠난 자리
나 꽃 진자리 홀로 그리워
떠나간 너 생각해 놓지 못해
그대로 보고파서 아파만 할 거 같아.

그런 사람 나의 사랑

슬픔의 비 내릴 때
굳이 피하지 않고 젖을 수 있는
그런 온정 있는 사랑이 나의 사랑

괴로움의 바람 불어올 때
굳이 피하지 않고 부딪힐 수 있는
그런 흔들림 없는 사람이 우리의 사랑

비록 화려한 정원에서 핀
꽃이라 하더라도
뽐내지 않고 꽃빛 그대로로 익어 핀
그런 겸허한 사람이 나의 사랑

미움을 삭이어 향기로 피고
진국의 숙성으로 묻어나는
풀꽃 그대로의 여여한
그런 변함없는 사람이 우리의 사랑.

꽃잎의 노랫말

말 한마디가 어느새 감미로워서
그대가 향기로 다가와
내 마음에 들어와 앉아있습니다

말 한마디가 없어도 어느새 정겨워서
그대가 꽃빛으로 내려와
내 마음에 들어차 빛나있습니다

말 한마디 있어도 없어도 늘 교감해서
그대가 푸르름으로 짙어 와 사계 내내
내 마음을 행복으로 채울 수 있습니다.

꽃과의 대화

우리가 이 넓은 세상에서 만난 건
아주 특별한 인연이었어

서로 고운 얼굴로
나눔 향기로워 쭉 사랑하며
깊은 믿음으로
많은 날을 함께 나눴지

사랑으로 가는 건 그런
받음보다
주는 거라고
달과 별이 함께할 때
그렇게 말을 했지

꽃은 그대로 고와서
지금 보는 맘도 그렇다고
꽃은 먼저 알고
바람에 고개를 끄덕여 대답했지.

행복한 꽃

비바람 불 때
그 자리서 그대로 지켜
활짝 피어 있는 마음

힘들어 아플 때
꽃의 맘 그대로 지켜
희망을 품고 있는 마음

외로워 눈물 흘릴 때
그 누가 그리워 생각나
사연을 쓸 수 있는 마음.

들꽃

고운 꽃을 보고 싶다고
굳이 멀리서
찾으려 하지 말아요

보고 싶을 때 바로 여기서
보이는 그대로 바라보면
이미 꽃으로 내 맘에 들어와 있어요

간직하는 맘
바라보는 맘
들꽃 같은 그대로의 맘으로 보이는

그대 꽃이기에
나 그런 들꽃 한송이
그대로 아름답게만 보아요.

보고픔

옥색 치마저고리
꽃빛 영롱한 님 그리워

꽃 핀 길 따라갔다가
보지 못하고

하늘하늘 나비만
보고 옵니다.

새겨두는 글

보고 싶어
긴 날 동안
풀잎에 새겨
사연 남겨 두었어

만나고 싶어
오랫동안
꽃잎에 새겨
시 노래 남겨 두었어

잘 핀 꽃송이로
이제 반가이 맞아
예쁨의 얼굴 그려
그림 간직해 두었어.

아름다운 꽃

아름다운 꽃의 자태
품성도 향기로운 고움이어서

보는 눈이 예쁘고
담는 맘도 좋아서
다가와 빛나는
참으로 눈이 부신 꽃빛

좋아 보는 것으로
당신을 닮아서
그렇게 보리다.

꽃의 이름

그대의 문양
내 마음의 바위에 새겨

오랫동안 기억해
잊지 않으려 하더라도

결국 망각의 어두운 저녁은
오고야 말겠지요.

감동의 선물

황금빛 꽃의 빛남처럼
존귀하게 여김의 마음으로
우러러 칭송하는 말 한마디는
그 누구에겐가 감동의 선물이 됩니다

백 년의 삶이라 하더라도
지금 주어져 행복하게 보내는
이 순간의 시간이 가장 소중하여
나에게 감동의 선물입니다

그대와 내가 좋은 인연으로 만나서
이렇듯 어우러져 꽃을 피울 수 있음이
나에게 감동의 선물입니다.

야생화 보기

너 꽃을 알고부터
아름다운 세상을 보았고
너 꽃 색을 이해하면서부터
행복한 삶도 알았어

하지만 내가 널
지금 많이 안다고 하더라도
너의 깊은 향기
너의 맑은 마음
전부 알기엔 아직 많이
부족하다고 생각해

그래서 내가 널 진정
잘 사랑하기 위해서는
아무 곳에서나 잘
보통으로 피어도
세상을 마냥 아름답게 만드는
너 닮은 꽃을 그대로 보며
사랑하고 싶어.

산꽃

푸른 산 기운 한 모금 마시고
산에서 기가 차게
살아서 꽃 피리라

꽃 핀 자리 여기가
세상의 중심이고
우주의 모든 것이려니

꽃답게 떳떳하게 피어서
세상으로 나가리라.

네 마음속으로

사랑이라고
멀리 가지 말거라
말하지 않아

사랑이라고
내 맘에 들리라
생각지 않아

사랑이라고
내 곁에 영원하리라
욕심부리지 않아.

마음 내고 가세요

있는 마음 그대로
사랑의 마음을 전해야지
마음 숨기어 표현 못 하면
그 마음 후회되어 남지요

고운 마음 그대로
좋음의 마음을 쓰기를
좋은 꽃 바라보고
좋은 음악 듣고
좋은 곳 여행해야지
마음먹고 하지 못하면
그 시절 허망하게 지나가요

슬퍼서 눈물을 쏟아내고
기뻐서 춤을 추고
사랑해서 노래하는
그런 마음으로
내어 주고 나눠 가지고는
내내 많이 쓰다 가세요.

뒤태

익숙한 너의 모습
멀리서의 뒤태라도 알 것 같아

아름다운 모습 그대로
맑은 눈망울
붉은 입술
하얀 얼굴
뒤태에도 그려지는
너의 참다운 모습으로야

보이지 않는 너의 마음
보이지 않는 너의 슬픔
보이지 않는 너의 사연

그 보이지 않는 모든 것이
뒤태에 그려지는
너의 진정한 감성으로야

뒤태가 멀어져 희미해져도

내 맘에 그려진
너의 모습 무엇이든 생생하게 남아서

언제까지 어디서라도
다 나타내 볼 수가 있어.

그 마음 그대로

지금도 나무인 것은
마음 그대로 푸르러서 있기 때문이야

지금도 바다인 것은
마음 그토록 깊어서 있기 때문이야

지금도 꽃송이인 것은
마음 그렇게 고와서 있기 때문이야

지금도 달빛인 것은
마음 여전히 밝아서 있기 때문이야.

3부

꽃으로 전하는 말

하지만

너 좋아져서 미소로 다가갔고
너 사랑해서 행복으로 함께했어

그렇지만 어쩔 수 없는 헤어짐으로
어느 날 우린 울고 있었어

하지만 이별의 모든 걸
고마움의 추억으로만 남기고 싶어

때문에 떠나는 바람에 내 향기를
실어 보낼 수 있다면
좋음의 훈풍으로만 불어가게 하고 싶어

사연 후

봄 햇살이 꽃빛으로 뿌려
이미 널 예뻐진 꽃송이로
다가오게 했으리라

가을 햇빛이 금빛으로 내려
이미 널 성숙의 향기로
익어오게 했으리라

그런 모든 지난날이
아름다운 사랑의 계절로 지나옴이었지만
어느 날 어쩔 수 없이
아픈 헤어짐의 순간을 맞이함이라

결국 사랑은 눈물로 젖고
이별은 슬픔으로 남으리니
이젠 그 모든 것을 삭이고 성숙시켜
마냥 예쁨의 기억만으로
오래오래 남기리라.

별꽃 만나

보면 볼수록 기우는 좋음으로 감성
그건 매력으로 끌리게 하여
그대 별꽃을 바라보는 순간
설렘의 감정이 무수 꽃으로 피어요

손끝에서부터 온몸으로 상기되는 전율
그건 매혹으로 마음 열리게 하여
그대 새 별을 맞이하는 지금
친근의 감성이 무한의 빛으로 쏟아져요

하얀 얼굴 까만 눈동자
눈빛 찬란한 반짝임이
이제 부드럽고 고운 눈길로
쓸쓸했던 마음의 여백을 보듬어 와요.

91

님의 흔적

님의 이야기 귓전에 밝아 울리어
사라지지 않아 늘 울림으로 남아 있지요

님의 노래 귓등에 좋아 들리어
잊지를 않아 항상 생생하게 남아 있지요

님의 모습 맘속에 고와 그려져
바래지 않아 언제든 진하게 채색돼 있지요

님의 흔적 하나도 지우지 않아
들은 대로 본 대로 영원히 새겨져 있지요.

우러러 그리운 당신

당신의 부드럽고 붉은 꽃잎보다도
향기롭고 밝은 심성에
내 모든 마음을 얹고 싶습니다

당신의 푸르고 싱그러운 이파리보다도
맑고 신선한 영혼에
내 모든 열정을 싣고 싶습니다

우리는 서로 맑고 밝아야 피는
한송이 꽃이기에
하늘빛 푸르른 맘속 호수서
사랑으로 향기로운 연꽃을 피우고 싶습니다.

생각이 나면

내내 한 생각이 들어와서
마음에 뿌리로 뻗어 내려
얽히어 있다가
얼마의 한 계절이 지나갔지요

어떻게 한 생각에 머물러
뇌리에 새겨져 끊지 못해
잡고 있다가
상심의 한 시절이 흘러갔지요

그렇게 한 생각 그려져
가슴에 간직해 잊지 못해
그리워하다가
기다림의 한 세월이 쓰러져 갔지요.

촛불 하나를 켜고

마음 다 비워 내리고
조용히 촛불 하나를 켜고 바라보니
밝음 속에 드러나는 어리석은 지난날이
밀물로 밀려오는 후회의 회한입니다

어둠의 마음 그대로
내일 또 오늘과 같으리라는
어쩔 수 없는 반복의 습성이
빗방울로 젖어오는 슬픔의 참회입니다.

봄바람 노래

나무 풀 흔들어 깨우는
봄바람의 출렁임이
조렸던 가슴속을 풀어 헤쳐 와

꽃 진 자리로 보듬어 오는
봄빛의 포근함이
시렸던 마음속을 희망으로 채워 와

꽃의 이야기

꽃의 말을 곱고 향기롭게
허공에 이야기로 풀어 올리면
바람의 나비로 좋아 날아와
그 누군가를 신명으로 품어서 앉지요

꽃의 이야기를 맑고 진실하게
세상에 소리로 울려 퍼지면
바람의 언어로 자유로이 날아가
그 누군가를 행복으로 채워서 주지요

꽃의 아름다운 이야기는
밤하늘의 별들에까지 들리어
날이 밝아 별이 사라져도
그 뉘 가슴에 보석빛으로 반짝여 있지요

꽃의 이야기는 아름답고 달콤해
나비도 부르고
새도 부르고
세상의 모든 이들을 불러

좋아서 미소 지으며 다가오게 하지요.

그대 꽃을 보며

그대 눈망울의
맑은 호수로 빨려 들어가
그대의 포근한 숨결 속에서
함께하리다

초봄의 들길에서 만나
파릇한 얼굴로 물들어 가
그대의 보드라운 입술 얹어서
사랑해 가리다

가장 뜨거운 눈물로
널 연모하다가
지쳐 쓰러지는
어떤 실망과 좌절이라도
흔들림 없이 피는
한송이 그대로의 꽃으로
피는 꿈으로
그대에게 서리다

그대 고움
그대 부드러움
그대 반짝임
그런 그대 꽃의 얼굴 잊지 않고
사는 동안 내내
두고두고 간직하리다.

늘 그대로

오래전부터 내 마음에 내려 핀
꽃송이 하나에서
벗의 향기가 늘 그대로
진해져 와요

사는 동안
우리는 얼마나 많은 날을
꽃의 향기로 나눴던가요?

바람이 불고
천둥이 울리고
비구름이 내려와 암울할 때라도

희망이 피는 미소로
내 손을 잡아주던
나의 벗이
지금 여기 있어요.

가는 사랑의 그대

그대 가건만
사랑은 여전하여서
할 수 없이 우는데
지금 저곳으로
떠나는 그대에게
엷은 마음 그대로
잘 가라 인사하며
여전히 남기는 말 한마디

잘 살고 좋아 나누던
여기 삶으로의 사연 한 조각
지워 굳이 생각 남기지 말고
마음 내려 편안히
훨훨 나는 삶으로
잊어 자유로이 살기를 바라요.

꽃 보기

봄꽃 피면
새가 되어 다시 날아올까?
그리움 안고 봄꽃 기다려
너 다시 보고픈
꿈을 꿨는데

지금 봄꽃의 세상으로
어디 할 곳 없이
흐드러져 피었다가
꽃잎 흩날려 가고 있는데

너의 소식은 아직 멀어
꽃잎 안고 가는 봄바람에
내 마음 살포시 포개어 얹어
보내려니

차라리 바람새로 살아나 훨훨
그대의 그리로 날아가면
이 마음의 사연 전함

꼭 들어 줘요.

오직 기억 하나로의 너

오직 기억 하나로의 너를
문자로 남겨진 메시지보다
머릿속에 그려진 흔적으로
더 또렷이 남아 있어

이별로의 통증으로 종종 아파 누워
치유하지 못한 채 망각으로 살아가지만
그래도 그 이름을 기억해
아주 잊고 싶지 않아

너 이미 가버렸어도
아직 떠나보내지 못한 그리움이 남아 있어서
낮이나 밤이나
맑은 날이나 흐린 날이나
늘 생각 일어나 마음 흔들어 와

언젠가 잊음의 날이 올지 몰라도
지금 난 너에 대한 그리움 놓지 못하고
사랑 변함없이

아직도 기다림인가 봐
돌아와 줄 수 없을까?

길들인 마음

잘못 들어간 길이라면
다시 돌아올 수 있고
잘못 길들어진 습관이라면
다시 고칠 수 있지만
사랑으로 길들인 마음에 이별은
다시 돌아와
다시 고칠 수 없이
그리움의 눈물이
고여 남음이지요.

기다림

기다리는 마음이
길지 않은 시간이지만
금방 기다림에 지쳐
마음을 재촉하더라도
느긋이 기다리는 맘
그것이 기다림의 향기이지요

그대의 목소리
듣고 싶어서 전화하지만
전화가 되지 않을 때라도
전화 올 때까지
마냥 기다리는 맘
그것이 기다림의 어여쁨이지요

그대에게 사연
보내고 싶어서 문자를 보내지만
답이 오지 않을 때라도
답장이 올 때까지
편안히 기다리는 맘

그것이 기다림의 고움이지요.

화음의 연주

살아간다는 것이
조화로운 화음의
긴 연주처럼

그렇게 섞이어 조율하다가
어느새 녹아들어 피는
한송이 꽃과 같아지려니

우리 더 향기로워지게
더 아름다워지게
어울림의 꽃으로 살아가 봐요.

달빛 1

집 앞 뜨락 하얀 달빛
무슨 사연이 있길래
밤새워 빛을 내리나?

달빛 소리가
한밤 내 사근사근 들려 와
잠 못 들다가

당신을 보며
다시 또
순정의 빛으로

함께 날이 새도록
다가가는 꿈결에
마음 포개어 얹어요.

꽃이 피는 순간

황홀한 이 순간
입술이 맞닿을 듯
달콤한 시간으로
멈춰선 지금

내 맘속으로
봄바람이 일렁여 오고

내 영혼으로
봄꽃 향기가 밀려 와

아름다운 너에게

나는 너의 하늘서
낮에는 해가 되고
밤에는 별이 되어

언제나 푸른 널
밝아서만 지켜 주리다.

달빛 2

쏟아져 내리는 달빛에
우리 눈을 씻고
마음을 씻고

달 닮아서 맑아지면
마음에 달뜨는
그런 밝음 맞게 되겠지요.

4부

꽃들의 세계

들꽃

너 한송이 예쁜 꽃으로
세상이 다 아름답게 되는 거야

너 한송이 향기로운 꽃으로
세상이 다 맑아지게 되는 거야

너 꽃송이 흔들리는 어여쁜 춤사위로
세상이 다 꽃 결의 춤 춤이 되는 거야

너 풀벌레 함께 풀잎 노래 부르며
세상의 예쁨으로 존재하고 있음이야.

꽃 이야기

아름답지 않지만 고운 맘으로
예쁘게 이야기하는 것이
꽃의 사랑이지요

미움 있지만 좋은 맘으로
다정하게 이야기하는 것이
꽃의 좋음이지요

아픔 있지만 유쾌한 맘으로
기쁘게 이야기를 남기는 것이
꽃의 사연이지요.

비 내리는 날

마음 쓸쓸한
그런 날
비로 내려
너에게 가고 싶어

너 보고픈
그런 날
비로 내려
너에게 젖고 싶어

그리워 가는 길

잊어 가지 말라는 길
잊지 못할 그리움에
아니 잊어 다시 가고 싶은 길

아주 가지 말라는 길
한번 꼭 보고 싶음에
굳이 찾아 기어코 만나고 싶은 길

돌이켜 돌아와 만나는 길
결국 마음 그대로 돌아와
지금 만나 거듭 시작하는 길.

꽃내음

너 꽃송이 싱그러워서
아카시아꽃 내음으로
꽃잎 속에 보이는
너의 하얀 얼굴

너 마음 상큼하여서
백합꽃 향기로
꽃잎 속에 보이는
너의 순백한 마음

너 눈망울 초롱초롱하여서
별꽃 반짝임으로
꽃잎 속에 보이는
너의 맑은 눈망울.

미워 꽃

이뻐 보이지 않아
꽃을 싫어하면
꽃이 그 누구를 미워할까?

빗물 내려 젖어
꽃잎 눈물 맺히면
꽃이 아파 슬퍼할까?

하지만 꽃이 미워 울어도
꽃이 늘 이쁜 그대로
꽃의 모습은 변하지 않아.

너 아파 미워도
꽃답게 웃어 봐
언제나 늘
미움 없는 사랑만 있음이야.

꽃의 미소

꽃을 볼 때는 언제나
꽃의 맘으로 미소하며 환하게 바라봐요

꽃을 만날 때는 언제나
꽃의 소리로 반기며 다정하게 인사해요

꽃의 눈길
나의 맘길
꽃 하나로 시선을 맞추어
서로 꽃으로 진실하게 마음 나누면

서로 알아 가는
꽃의 꽃다운 마음이
참으로 아름답게 보여져요.

131

작은 소망

아주 작은 네 마음의 틈새서라도
내 마음 얹고 싶어

그리고 잠시라도 머물러
함께 놀아 쉬고 싶어

이 작은 소망을 위해
기도하며 지금까지 널 생각해 왔어

만나면 더 오래 있고 싶고
돌아서면 또 보고 싶은 맘
조금 더 위한 작은 소망을 위해

하늘의 별빛이 되고
허공의 바람이 되어
늘 너에게로 다가가 머물고 싶어.

나의 꽃

저 스러져가는 풀잎에
희망의 소리로
일으켜 세우는

나의 시언어
묻 꽃나무에 앉아
꽃으로 피어나고

피인 꽃 다시
고운 향기로
벌 나비 불러 나눠
함께 오래 행복하리라.

꽃들의 세계

꽃들은 예쁜 언어로
말을 하지요

미세먼지를 먹은 바람
오탁에 오염된 물이라도
그대로 정화 시켜 받아 꽃으로 피어
고움의 이야기를 풀지요

때론 꽃의 아픔을 보았지만
때론 꽃의 슬픔을 알았지만
향기로 나누는 감성은
늘 행복한 향기로움이어서
어디에서든 피는 데마다
감동의 빛으로 전해옴이지요.

여름꽃

춤추며 날아오를 거 같아
저 산 위로
저 구름 위로
저 하늘로

노닐며 걷는 거 같아
저 들길로
저 산길로
저 둑길로

부르며 노래하는 거 같아
저 바닷새로
저 산새로
저 들새로

노랑 빨강 분홍 원피스
하늘하늘
내 마음을 색으로 유혹하는
계절의 한나절이네.

꽃의 바램

언어의 바람
말간 채 불어가
어느 외진 구석의
풀꽃에 앉아
정감의 숨결로 함께 나누면
기쁨으로 흔들려 춤을 추지요

산골 처녀가 막 읽어도
쉬이 전해지는 맘으로 써져
그것을 읽는 그의 눈빛과
어느 시인의 맘 빛
그대로 나눠
하나로 닮아 감의 바램이지요.

꽃의 입술

붉은 너의 입술이
내 맘에 불길로 지펴오면
이미 열정의 바다로 나가는
항해를 함께하고 있어

순간에 이는 미움
순간에 이는 분노
순간에 이는 아쉬움
모두 다 잊고
마냥 그대를 좋아하며
달콤한 마음속으로 들어가

싱그런 너의 얼굴
푸르른 너의 젊음
윤기 나는 너의 긴 머리
그 모두를 내내 다 좋아하며
열정의 행복한 사랑으로 가고 싶어.

만날 수 있어?

창공에 어리는 얼굴
보고 싶었던
어여쁜 꽃 한송이

꽃을 흔들며 가던 바람
이젠 허공에 구름 꽃송이를 몰고
밀려 와

이 빈 곳에 보내는 나의 사연이
내 마음의 추억 한 모금으로
그리움일 때

멀리 날아갔던 철새
다시 날아오고
오래 떠났던 그대
다시 돌아와

보고 싶어 쓴
꽃 사연의 편지 읽어줘

지난날의 좋은 추억처럼
다시 잘 시작하고 싶어.

향기로운 꽃바람에

너는 아직
나의 마음을 모르지만
난 이미 어여쁜 꽃빛 바람에
사랑의 꽃송이로 돋아나 피고 있어

거칠지 않은 향기로운 바람이
내 마음을 일렁여 오는데

잠시 시린 꽃샘바람 다 괜찮아
시림으로 인해
철렁임의 흔들림이 있었다고 하더라도

사랑의 저 봄으로 건너기 위해서
모든 걸 충분히 참아 낼 수 있어

흔들림 속에서 아주 조금씩이라도
진지한 사랑으로 나아감에

심술의 바람이라 하더라도

나에겐 마냥 고마운 꽃바람으로
전해옴일 뿐이야.

하늘 고운 날

풀밭에 누워 하늘의
구름 꽃을 바라볼 때

귓전에 바람이 와서
좋은가요? 라고
속삭여 오면
좋아요! 하늘에 꽃들이 피고 있잖아요? 라고
대답해

꽃은 여기 풀밭에도 피어 있고
저 흐르는 강가에도 피어 있고
저 높은 하늘 위에도 피어 있어

꽃들의 세상
꽃을 닮은 나
모두가 아름다운 우주이기에
여기서 너를 사랑하는 일은
더욱 아름다운 일이고
더더욱 나에겐 중요한 사건이야

하늘 고운 날
하늘의 꽃을 바라보며
아름다운 꽃의 사랑을 닮아
그렇게 살고 싶어.

슬퍼질 때

사랑으로 이어진
끈을 놓을 때
집착의 맘 끊어내려 하지만
오히려 슬픔의 밀물 쓸려와
드러내 주는 아픈 속살

그대도 사랑은 했고
나도 그만큼 좋아했으니
서로 아픔도 같이 남아

잊어 지워 주는 시간에
슬픔도 세월 속에 점점 희미해 가련만
그래도 아직 잡은 끈
내내 놓지 못해 아파하고 있지요.

머나먼

우리 머나먼 곳까지
꽃핀 길로 걸어서 가요

그대와 함께라면
아주 먼 길까지도
아름다운 꽃길이지요

함께 꽃길로 가다 보면
우리도 꽃을 닮아 가
산 꽃이 되고
들꽃이 되지요

이제 머나먼 곳 이르러
어여쁜 마음으로
그대를 위한 별꽃이 되어
어두운 밤이라도
내내 그대를 비추고 살아야지요.

돌아설 때

말이 없어도
헤아려 품는 깊은 맘으로

표정이 없어도
뜨겁게 눈물짓는 슬픈 가슴으로

너의 행복을 빌고 있어

그래 지금 맘
헤아릴 수 없어도

비 지난 후 개일 때
우리는 햇살처럼 밝아

다시 꼭 만나게 될 거야.

좋은 연인

그 이름 들릴 때
좋아 바람 일렁여 춤추게 하고

그 꽃 바라볼 때
어여뻐서 이슬빛 영롱해서 맺히게 해

그 마음 붉어질 때
사랑의 햇살 내려앉아 성숙시키고

그 꽃 품을 때
소중해져서 함께 꽃물로 물들고 있어.

물망초

꼭 오시리라는
신념 거두지 않고
피는 날 언제까지
이대로 기다리리오

흘러가는 구름
지나가는 바람
원망 없이 그대로 지켜볼 뿐
흔들려 변치 않으리오

이대로 영영 볼 수 없어도
그만한 사정이 있으려니
굳은 믿음으로 그대로 피어

부디 오래오래 행복하기만
비는 마음 놓지 않으리오.

허망

때론
꽃으로 머물러
지지 않아 함께하리라
간주할 때가 있었지만

그건 허망의
구름 한 조각

때론
내 좋아 가진 거
놓지 않고 영원하리라
생각할 때가 있지만

그건
아침에 사라지는 허망의
이슬 한 방울

꽃 피던 뜨락

올해도 여전히 봄은 와
뜨락의 흙 부드러이 깨워
꽃빛의 꿈을 꾸는데

어머니는 어디서
뜨락에 심을 꽃씨를
고르고 계시는지요?

꽃을 좋아하시던 어머니
꽃씨도 뿌리고
꽃나무도 심어
아름다운 뜨락에 꽃이 늘 피었던
예전의 그 꽃밭이 그립습니다

봄이 왔지만
아직 고향의 뜨락엔
봄이 오지 않았는지
아직도 당신께선
씨앗만 보듬고 계심인지요?

어머니 생각하며 떠올리는
그 꽃밭의 꽃이 곱고 아름답지만
어머니의 모습은 그 꽃보다
진한 고움으로 전해져 옴이지요.

하늘 멀리 꿈

지금 멀리 지나온 계절 끝
지난날 꿈꾸던 곳이
여기일까?

꿈이라고 한들
지난날 나의 모습은
오간 데 없이

많이도 달라진 또 다른 나
그런 난 얼마나 많이도
다시 태어났을까?

원초적 꽃 맑은 미소
처음 꽃 고운 향기
모두 머문 흔적도 없이 떠나고
지금 나는 서툴게 다시 태어나
이렇게 돌아와 있어.

유람

저곳 구경 잘하고 오는
여행객에 부탁하려니
그쪽의 경치 어떤지
이쪽의 사람들에게 꼭 전해 줘요

이곳 세상 잘 머물다 가는
방문객에 당부하려니
이쪽의 세상 소식
저쪽으로 가서 잘 말해 줘요.

엄마 꽃

아기가 와서
새 세상을 맞고
엄마는
새 샛별을 만나
눈부심이네

아기가 세상에 와서
안긴 가장 포근한 품은
엄마의 가슴이어서
안길 때마다
사르르 잠들어 꿈동산서 노네

아가야
힘들어도 괜찮아
엄마가 만난 가장 소중한 아기별
놓지 않고 영원토록 함께하려니
부디 건강하고 예뻐서만
오래오래 함께하거라

아가가 만난
너의 세상
너의 우주
낯설지 않아 아주 좋아
이제 엄마와 함께
행복한 여행을 하려무나.

그리워

하늘 끝 보일 듯 말 듯
가깝고도 먼
이별로 다다름의 끝 간

널 다시 만나러 그 길을 떠나면
앞을 가리는 운무가
가는 길을 막아
돌아서게 해

할 수 없이
너와 나를 가르는
실체 없는 경계로

너와 내가
지척 간 가까움일지라도
지금은 아득한 먼 데로 갈림이 되어
마냥 그리움만 있을 뿐이야.

가을로 초록

초록빛 품은 바람
초록빛 물든 산들
초록빛 담은 세상

초록이 있어야만
이파리 굳세어
비바람을 맞아
살아갈 수가 있는 거고
고운 단풍의 피움도 있는 거야.

풀어 열어 봐

매서운 겨울날을 지나와
봄날을 축제로 맞이할
모두가 돌아오고 있어

닫힌 문 활짝 열어
밀려오는 봄바람
내려 드는 봄 햇살
풀어 열어
그 모두를 맞이해야지

어느새 들어와 앉는
봄꽃 송이송이
봄 나비 하늘하늘
봄 물결 남실남실
산들로 마냥 들떠 출렁여 와.

구름 이야기

가을의 이야기 들리는 소리
너 피어오는 하늘이 붉어서
구름의 뜻 표현하는 말
너 피는 노을 꽃이 좋아

하늘의 풍경 전하는 모양
너 그리는 그림이 아름다워서
구름의 모양이 전하는 말
너 만들어 주는 바람이 좋아

세상의 모습 내려다본 느낌
너 흘러가는 길 맑아서
구름의 진실 남기는 말
너 흐르는 허공이 좋아

무엇이 되든가
무엇으로 흘러가든가
나는 너를 닮아
무심으로 근심 없이 함께 가야지.

쓰는 시

나의 풀잎 외진 곳에서
홀로 나와 얼마나 자랐났을까?
풀잎 색으로
풀꽃 향기로
어디서나 흔한 평범하고
보통의 꽃으로 살아
바람이 부는 대로 흔들리고
마음이 가는 대로 살아야지

여기 써 올리는 싯귀
그저 그렇게 써서
저 흔해 핀
야생 꽃나무 하나에서
살아 피는 꽃빛이 되어야지

풀 무더기 속에서 함께 살아
숨어 보이지 않아도
그리움을 안고
사랑도 알고

불어가는 들바람 한 점으로
나무에 앉아 있다가
꽃으로 날아가 포옹해
함께의 세상 모두와 아울러 춤을 추는
바람새로 날아가야지.

SNS로 전하기

정감의 나눔으로 사는 얘기
감성의 공유로 함께하는 모든 이들과
일어나는 사실들 바람결에 날려
어디든 보내고 싶어

하늘의 구름이 내려와 내 안에 뜰 때
수많은 빗방울의 울림이 내 안에 젖어서
향하는 곳

헤아릴 수 없는 하늘의 별
헤아리기 힘든 사람의 별
이제 그들의 곁에서
하나하나 내 마음에 품으면
어느새 모두의 향기가
내 안에 들어와 차 있어

내일 지구의 날이 다하더라도
수많은 풀꽃과 별꽃의 이야기는
멈출 수 없어

비록 지구 힘들어 숨결 거칠어도
나눔으로 가는 긍정의 노래로 치유해 간다면
참 좋은 세상으로 열려 올 거야

봄 여름 가을 겨울 늘
세대를 뛰어넘어
남녀노소 함께 손잡고 가는
문명의 배 군이 외면할 필요 없이
저 신세계로 향하여
함께 소통으로 힘차게 헤쳐 가야지.

눈꽃

섭섭해서 눈물짓지 마
어쩔 수 없는 운명으로
이리 쉬이
보내는 거야

꽃 중의 맑은 꽃
희고 깨끗하여서
마른 나뭇가지에서 피고
누운 풀잎에서도 피어
눈꽃 하얀 세상이지만

저 달이 질 때
저 해가 오를 때
지고야 마는
하루살이 꽃송이야

너 볼 때
내 마음을 전하고
너 떠날 때

네 사연을 남기어

좋아서도 눈물
슬퍼서도 눈물
행복해서도 눈물
마지막에 이르러
온통 눈물의 강물로 흘러서
가고 말겠지?

제 몸 다 풀어서
마른 흙 적시고
공허의 허공 채워
아름답고 성스러운 시작과 끝남을
보여주고 있음이야.

가상 세계

다른 하나의 아바타가
날 끌어내
사막의 새 세상에 머물게 해

실상이 없는 온갖 신기루로 가득한
볼거리 들거리의 새 세상이
많이도 펼쳐져 있어

오늘도 영혼 없는 사람이
살아 돌아와
영상이 찍혀지고
바람의 허공은 이를 담아
세상에 보여주고 있는데

내 아바타가 사라지지 않는 한
난 아바타 속으로 들어감을
멈출 수 없어

하지만 한편 지금 현실 속의 나 또한

그런 아바타와 같지 않을까?
진부한 생각에 잠기기도 해.

카페의 한 자리

커피 한 잔과
탁자 한 자리

커피 맛의 향기처럼
펴 오는 언어의 향기 담아
노트북에 쓰는
싯귀 한 구절 한 구절이
스멀스멀 커피 향기로 피어나요

잠시 여기 머물러
꽃내음의 커피 마시며 생각하는 당신
지금 이곳이 그대의
행복한 향기의 꽃밭이지요.